EDIÇÕES BESTBOLSO

Tormenta

Conn Iggulden nasceu em Londres e formou-se em inglês pela London University. Trabalhou como professor por sete anos, até a publicação de *Os portões de Roma*, primeiro livro da série O Imperador, cujo sucesso permitiu que passasse a viver exclusivamente de literatura. Autor de mais de uma dezena de livros, Conn Iggulden tornou-se sinônimo de best-seller em todo o mundo.

CONN IGGULDEN

TORMENTA

Tradução de
MARIANA MENEZES NEUMANN

1ª edição

EDIÇÕES
BestBolso
RIO DE JANEIRO – 2012

CIP-BRASIL. CATALOGAÇÃO NA FONTE
SINDICATO NACIONAL DOS EDITORES DE LIVROS, RJ

I26t

Iggulden, Conn, 1971-
Tormenta / Conn Iggulden; tradução de Mariana Menezes Neumann. - 1ªed. - Rio de Janeiro: BestBolso, 2012.
12 X 18cm.

Tradução de: Blackwater
ISBN 978-85-01-7799-284-3

1. Ficção inglesa. 2. Neumann, Mariana Menezes. I. Título.

12-4450

CDD: 823
CDU: 821.111-3

Tormenta, de autoria de Conn Iggulden.
Título número 320 das Edições BestBolso
Primeira edição impressa em agosto de 2012.
Texto revisado conforme o Acordo Ortográfico da Língua Portuguesa.

Título original inglês:
BLACKWATER

Copyright © 2006 by Conn Iggulden.
Copyright da tradução © by Edições BestBolso, um selo da Editora Best Seller Ltda.

www.edicoesbestbolso.com.br

Design de capa: Rafael Nobre sobre imagem de Mark Horn (Getty Images).

Todos os direitos reservados. Proibida a reprodução, no todo ou em parte, sem autorização prévia por escrito da editora, sejam quais forem os meios empregados.

Direitos exclusivos de publicação em língua portuguesa para o Brasil em formato bolso adquiridos pelas Edições BestBolso um selo da Editora Best Seller Ltda. Rua Argentina 171 – 20921-380 – Rio de Janeiro, RJ – Tel.: 2585-2000 que se reserva a propriedade literária desta tradução.

Impresso no Brasil

ISBN 978-85-7799-284-3

Para Matthew Arpino,
que nadou no lago Welsh

1

Com os pés imersos na água, eu pensava em me afogar. É estranho como o mar está sempre mais calmo à noite. Eu já havia caminhado pela orla da praia de Brighton inúmeras vezes em dias frios e as ondas estavam sempre lá, uma encobrindo a outra. No escuro, a água é tranquila e negra, com apenas um leve assobio ao chocar-se contra as rochas. Você não pode ouvi-lo durante o dia com as gaivotas, os carros e as crianças gritando, mas à noite o mar sussurra, chamando-o.

À medida que a maré subia, o suave ir e vir das ondas, cada vez mais, encharcava o meu melhor terno preto. De alguma maneira me parecia um gesto de intimidade, como se estivesse sendo arrastado para baixo, conforme ficava mais pesado. Até mesmo o vento gelado de Brighton não afetava mais a minha pele como antes, ou, ainda, era possível que tivesse ficado dormente. Se fosse esse o caso, era uma sensação bem-vinda. Eu já havia despendido muito tempo pensando e agora só me restava a escolha final de caminhar em direção às trevas.

Eu ouvi o ruído de passos no cascalho, mas não virei a cabeça. Naquelas roupas escuras, sabia que estava quase invisível para as pessoas que caminhavam com os seus cães, ou os foliões noturnos, ou, ainda, para qualquer um que se aventurasse a enfrentar o frio. Eu tinha visto alguns pálidos semblantes no píer e ouvi vozes gritando umas para as outras, mas não podiam me ver. Havia algo de maravilhoso em permanecer em pé, dentro da água do mar, completamente vestido. Tinha deixado a terra firme para trás, com todo o seu barulho, sua luminosidade e as batatas fritas descartadas, amontoadas em pedaços de papel molhado. Apesar do gosto amargo em minha boca, eu estava livre do medo e da culpa, livre de tudo. Quando ouvi a voz dele, pensei que fosse fruto da minha imaginação.

– A situação é tão ruim assim para você estar em pé aí em uma noite como esta? – perguntou ele.

Era a voz do meu irmão mais velho, e eu não pude evitar o nervosismo que percorreu os meus pensamentos entorpecidos. Eu estava ali há muitas horas e me sentia preparado para seguir em frente, em direção às águas profundas, até que as minhas roupas estivessem pesadas e eu pudesse esvaziar os meus pulmões em uma agitação de bolhas luminosas. Eu estava preparado, mas a voz dele me trouxe de volta, como se tivesse acertado um anzol em meu casaco.

– Se você entrar na água, vai afogar nós dois – disse ele. – Eu terei que segui-lo, você sabe disso.

– É possível que somente um consiga se salvar – respondi com a voz endurecida e o ouvi rir, mas não pude virar em sua direção. Eu o temi por toda a minha vida e sabia que, se me virasse para ele, teria que encará-lo. Pude ouvi-lo rir suavemente.

– É possível, garoto Davey. Talvez fosse você.

Eu me lembrei de um menino que nós dois conhecíamos, um jovem com um sorriso largo e cruel. O nome dele era Robert Penrith, mas até mesmo a mãe o chamava de Bobby. Eu posso ver o rosto dela durante o funeral do filho, tão pálido que ela parecia ser feita de papel. Eu havia permanecido em pé ao lado da sepultura úmida, observando enquanto baixavam o caixão e pensando se ela sabia como ele tinha nos aterrorizado.

Bobby gostava mais da humilhação do que da dor. O ato preferido dele era forçar alguém para baixo, mantendo as pernas da vítima na altura da cabeça com tanta força que era quase impossível respirar. Quando ele fez isso comigo, lembro que o seu rosto ficou tão vermelho quanto o meu, até que pude sentir as minhas orelhas pulsarem. Mesmo ainda sendo muito jovem, sabia que havia algo de errado com o fato de ele se mostrar tão entusiasmado e excitado. Como homem, a possibilidade de voltar a me sentir tão indefeso me desperta o desejo de me arranhar por inteiro.

Eu acredito que meu irmão o matou, mas nunca tive coragem de perguntar diretamente. No entanto, os nossos olhares se cruzaram quando baixavam o caixão. Eu não consegui desviar o olhar, e antes que o fizesse ele piscou para mim e me lembrei de todas as crueldades secretas que faziam parte da sua vida.

Bobby Penrith tinha se afogado em um lago ao norte de Brighton, tão distante que parecia ficar em outro mundo. Meu irmão o tinha desafiado a atravessar o lago em um dia tão frio que a água deixava a pele azul. Meu irmão conseguira alcançar a outra margem, onde os demais membros do grupo aguardavam, tremendo de frio. Ele saiu da água como se fosse feito de borracha, cambaleante e caindo pesadamente próximo a uma pedra, enquanto vomitava um líquido amarelo nos pés.

Eu acho que soube antes de todos os outros, embora também olhasse fixamente para o lado, aguardando o rosto avermelhado emergir. No final, foi necessário o auxílio de mergulhadores para trazê-lo de volta à margem, três horas depois, e o lago estava mais cheio do que no período de férias. A polícia entrevistou a todos nós, e meu irmão chorou. Os mergulhadores tinham praguejado com a ira característica dos homens que resgatam crianças mortas em dias frios e amargos. Nós sentimos o desprezo deles enquanto tremíamos mesmo com os cobertores vermelhos e ásperos.

O relato do meu irmão não revelou nada de importante. Ele disse que não presenciara o ocorrido e soube do acidente somente depois que chegou à margem. Eu poderia ter acreditado nele, se ele não tivesse visto Bobby me machucando no dia anterior.

Você nunca sabe realmente quando uma história começa, não é verdade? Bobby tinha decidido que eu merecia um castigo especial por ter quebrado uma de suas regras. Eu estava chorando quando meu irmão chegou e Bobby me soltou. Nós dois não sabíamos o que ele era capaz de fazer, mas meu irmão possuía uma frieza que amedrontava até mesmo garotos como Bobby. Um rápido vislumbre dos olhos escuros de meu irmão, seu rosto apenas um pouco mais pálido que o normal, e Bobby me soltou imediatamente.

Os dois se encararam e o meu irmão sorriu. Um dia depois Bobby Penrith estava gelado e azul às margens do Derwentwater. Não ousei fazer a pergunta, e essa dúvida tinha permanecido dentro de mim como um caroço. Eu me sentia culpado até mesmo pela liberdade que a morte dele me proporcionava: dali em diante, eu poderia passar pela casa de Bobby sem o pavor usual de que ele pudesse me ver e viesse em minha direção. O menino tinha um jeito cruel, mas não era páreo para o meu irmão. Somente um tolo teria tentado nadar em um dia de novembro, ou alguém que estava amedrontado por um peixe maior do que ele mesmo.

No meio da escuridão das pedras de Brighton, comecei a tremer de frio. É claro que ele notou, e senti que havia sinais de divertimento em sua voz, quando ele falava.

– Dizem que os suicidas não sentem dor. Você já ouviu isso, Davey? Eles se cortam profundamente, várias e várias vezes, mas estão tão mergulhados em suas próprias cabeças que os covardes de merda mal sentem dor. Dá para acreditar nisso? É um mundo estranho.

Eu ainda não tinha sentido frio. Até então, achava que estava entorpecido, mas a partir daquele momento parecia me atingir em cheio, como se o vento pudesse dilacerar a minha pele. Os meus pés, imersos na água, doíam com o frio que corroía os meus ossos. Cruzei os braços no peito, recuperando completamente a sensibilidade. Teria dado qualquer coisa para me sentir entorpecido uma vez mais. A alternativa era o horror e a vergonha.

– Vai me dizer por que o meu corajoso irmãozinho está dentro d'água em uma noite fria? – ele questionou. – Estou morrendo de frio e só posso imaginar o que você está sentindo. Davey? Se eu soubesse, teria trazido um casaco.

Senti as lágrimas descerem pelas minhas bochechas e me perguntava por que não tinham congelado, tamanho era frio que penetrava o meu corpo.

– Existem coisas que eu não consigo suportar mais – eu disse após algum tempo. Não queria falar sobre o assunto. O meu desejo era voltar ao estado de espírito tranquilo e agradável de antes de meu irmão chegar, quando ainda me sentia calmo. A minha bexiga tinha enchido sem que eu percebesse, e agora eu podia senti-la. Todas as partes do meu corpo até então esquecidas pela minha angústia pareciam despertas e gritavam, pedindo atenção e calor. Há quanto tempo eu estava em pé ali?

– Tenho um inimigo – disse suavemente. Atrás de mim não havia nada mais do que silêncio, e eu não estava certo se ele havia conseguido me ouvir.

– O quão imerso você está? – perguntou ele, e por um momento insano imaginei que ele se referia à água.

– Não aguento mais – disse, e balancei a cabeça. – Eu não posso... não posso mais evitar. – Lágrimas começaram a jorrar enquanto me defrontava com o homem que meu irmão tinha se tornado. O rosto ainda parecia esticado sobre os ossos, e o cabelo escuro eriçado se arrepiava em cima da pele pálida. Algumas mulheres o consideravam tão bonito a ponto de se tornar uma compulsão, embora ele nunca tivesse permanecido muito tempo com nenhuma delas. Para mim, sua crueldade estava claramente à mostra em seu rosto austero e olhos perscrutadores. Eu era o único que pensava dessa forma, pois os demais o viam exatamente da maneira que ele queria. Percebi que ele havia trazido um casaco, a despeito do que tinha dito. As mãos dele estavam no bolso.

– Deixe-me ajudar.

O luar fornecia luz suficiente para ver o cascalho atrás dele, e milhares de pedras soltas deveriam tê-lo transformado em um ser insignificante, reduzido seu impacto. No entanto, ele estava ali com firmeza, quase como se tivesse raízes. O homem que meu irmão se tornara não tinha dúvidas. Nem consciência ou culpa. Eu sempre soube que ele era destituído daquela pequena voz que atormenta a todos nós. Isso sempre me assustara, mas quando ele ofereceu ajuda, não senti nada além de alívio.

– O que você pode fazer?

– Eu posso matá-lo, Davey, como já fiz antes.

Por um longo e vagaroso suspiro não consegui dizer uma palavra sequer. Eu não queria saber. A minha mente foi preenchida com imagens de Bobby Penrith em águas gélidas. O meu irmão era um bom nadador e não seria necessário muito esforço para afogar Bobby. Com apenas uma pequena agitação das águas, nadaria com braçadas suaves até a margem e chegaria como se estivesse exausto. É possível que estivesse de fato exausto. Talvez Bobby tenha lutado e se defendido com toda a força advinda do desespero.

Ao observar os olhos do meu irmão, percebi todos os anos que nos separavam.

– Me conte.

2

Denis Tanter não era o tipo de homem que o assustaria no primeiro encontro. De fato, sentamos à mesma mesa em uma festa de ano-novo, e eu mal percebi sua presença. Ele era baixo e forte, como um lutador de boxe peso-pena. Posteriormente, descobri que tinha sido um lutador aos vinte e poucos anos. Ele mantivera a mesma postura, e a pele com sardas ficava rapidamente ruborizada. O aperto de mão era forte e ele tinha cabelos ruivos. Isso foi tudo o que percebi antes de tentar me lembrar de como terminei sentado ao lado de estranhos em uma noite destinada à família. Não imaginei que ele pudesse constituir uma ameaça e, de fato, naquele momento, ainda não era esse o caso, pelo menos não para mim. Ao longo dos anos conheci muitos homens como ele que, em geral, me dispensam após o primeiro, e breve, aperto de mãos. Não pertenço à mesma linhagem, ou algo do gênero. Eles me consideram inofensivo e simplesmente seguem em frente. Eu poderia deixar uma impressão melhor se tentasse, mas simplesmente não consigo me importar com os pequenos rituais do cotidiano, especialmente entre os homens. É possível que isso tenha ferido os meus sentimentos.

A minha esposa Carol realizava as suas atividades sociais com as demais esposas, como usualmente, enquanto conversavam sobre renda, crianças e educação. Já conheci mulheres atraentes que conseguem despertar a malícia feminina de longe, mas ela consegue passar despercebida. Sempre se veste com um toque de classe, e é uma daquelas mulheres que parece combinar os brincos com a pulseira, dando a impressão de um ar refinado. Deus nos livre das mulheres bonitas! Elas possuem muitas vantagens a seu favor.

Em uma ou duas ocasiões, presenciei o final de um de seus sorrisos, um olhar ou piscadela de olhos, ou, ainda, um sinal mais sutil que diz "ao menos nós compreendemos" para um total estranho. Isso funciona para desarmar as mulheres, mas também é eficaz com os homens. Em geral, sei quando irão ocorrer, nos momentos em que ela os toca casualmente, parados próximos demais um ao outro, ou quando passam por mim de carro enquanto sigo para casa. Não há nada tão deprimente quanto acompanhar um carro enquanto se distancia em um dia chuvoso. Antigamente, havia discussões. Uma vez, quando ainda me importava o suficiente, lutei com um homem em um gramado molhado até que ele me deixou com um nariz quebrado. É impressionante como o sangue pode ser grudento quando está em suas mãos.

Eu não teria optado pelo casamento, não daquela maneira. Nós costumávamos berrar um com o outro, e em duas ocasiões ela me trancou fora de casa. Talvez eu devesse ter partido, mas não o fiz. Algumas pessoas simplesmente não o fazem, e não posso dar uma explicação melhor. Na época, a amava. Ainda a amo. Sei que ela teme uma série de coisas – envelhecer e ter filhos. Digo para mim mesmo que ela leva esses homens para a nossa cama quando não consegue mais suportar os seus temores. Esse tipo de mentira ajuda mais do que você pode imaginar. Hoje em dia eu simplesmente não pergunto mais sobre as noites que ela passa fora de casa e não a deixo voltar para a cama até lavar todos os odores do seu corpo. De alguma maneira, nós seguimos assim, ano após ano. Eu a amo e a odeio, e se você não sabe como isso pode funcionar, eu realmente o invejo.

Quando eu tinha 22 anos, fui com Carol até uma danceteria em Camden. Você sabe, eu a conheço desde todo o sempre. O meu irmão estava conosco, e ele foi acompanhado de uma bela mulher chamada Rachel, que dançava todos os sábados nessa danceteria. Ela não recebia nada por isso, mas eles tinham um pequeno palco e ninguém objetava vê-la mexer o corpo tão bem.

A danceteria estava quase completamente escura, a atmosfera pesada com o calor e a música. Sempre que pensava que teria uma oportunidade para respirar, a máquina de gelo seco entrava novamente em ação e a pista de dança era invadida por uma brancura asfixiante. Nós nos embebedávamos com garrafas de cerveja Newcastle, e quando a música certa começava a tocar, subíamos no palco para acompanhá-la. O espaço era maior do que eu havia imaginado, e havia pessoas paradas próximas à parede, atrás de onde dançávamos e nos divertíamos. O calor era intenso e tirei a camisa, mas era magro e jovem o suficiente para não dar a mínima para o que pudessem pensar.

Aquela noite aparece em flashes na minha lembrança, mas me recordo que a namorada do meu irmão balançava os cabelos de um lado para o outro, me acertando no tórax e nos ombros com tamanha força que machucava. Eu adorei isso.

Um homem surgiu das sombras da parede atrás de nós e convidou Carol para dançar. Ele era baixo e esguio, e movia-se pouco enquanto permanecia ali de pé. Percebi que ele estava bêbado e não imaginei que fosse uma ameaça, assim como não percebi Denis Tanter naquela primeira noite. É possível que esse seja o meu problema, simplesmente não percebo a aproximação dessas pessoas.

Carol balançou a cabeça daquele jeito meigo de quem pede desculpas que lhe é característico e apontou para o seu querido marido como se estivesse se justificando. Ele me encarou enquanto ela apontava e encolheu os ombros antes de ir embora. Esse deveria ter sido o fim da história.

Não percebi o que estava acontecendo até que fui atingido na parte de trás da cabeça. Você já foi golpeado com pouca força e ainda assim sentiu uma dor tão intensa que era como se estivesse pegando fogo? Os pontos de tensão se espalham por todo o corpo, como se fossem pequenos traidores da sua autoestima. A maneira como aquele bêbado me bateu foi exatamente o oposto. Senti como se o golpe tivesse sido muito forte, mas por alguma razão eu não senti dor. Olhei ao meu redor, confuso, imaginando que tivesse esbarrado em alguém. O cretino estava em pé exatamente atrás de mim, enquanto os seus olhos brilhavam sob as luzes giratórias. Foi Carol quem gritou alto o suficiente para encobrir a música e me alertar que ele tinha tentado me atingir chocando a cabeça contra a minha.

Ele estava completamente bêbado, e quando sorriu para mim, ironicamente, simplesmente não pude suportar e o empurrei com ambas as mãos, fazendo com que ele caísse no chão, aos pés de estranhos. Lembro-me de ter pensado que se ele levantasse eu teria que pular do palco e sumir no meio da multidão. Não costumo brigar em danceterias e me recuso a sentir qualquer embaraço pelo fato de, ao contrário das demais pessoas, não sentir prazer na adrenalina.

O meu coração batia tão forte que me sentia tonto e doente, com um gosto ácido na boca, difícil de engolir. Carol ficou em pé ao meu lado e ambos olhávamos para ele. Por alguns instantes, enquanto estava estatelado com o indefectível sorriso sarcástico, não parecia oferecer qualquer perigo. Mesmo após já ter me atacado, não imaginei que fosse realmente perigoso.

O meu irmão conseguiu perder toda a agitação porque tinha ido ao bar. Quando voltou, Carol e eu tínhamos nos posicionado calmamente em um dos lados do pequeno palco, com uma parede sólida atrás de nós. Apesar de ter dito que não considerava aquele baixinho uma ameaça, não tinha qualquer intenção de dançar de costas para ele. É claro que o meu irmão não sabia nada sobre o incidente. Ele distribuiu as bebidas e continuou dançando e gritando junto com a multidão. Deus do céu, nós éramos jovens naquela época! Ele também tinha tirado a camisa, ainda mais orgulhoso de sua constituição esguia do que eu.

Eu vi o meu agressor surgir em meio à escuridão. O meu irmão estava dançando no local em que eu me encontrava antes e as suas roupas eram muito parecidas com as minhas. O homem o golpeou no pescoço com uma garrafa e eles passaram a trocar golpes violentos enquanto caíam do palco para o chão, abrindo espaço entre a multidão.

Por um instante fiquei paralisado, e não me orgulho disso. Parecia até mesmo que a música tinha parado, mas é claro que não era esse o caso. Carol gritou e só assim eu me mexi, pulei para o chão e segurei os dois corpos, que não paravam de se bater. O meu irmão havia sido pego inteiramente de surpresa, mas quando me arremessei na direção de ambos, ele estava grunhindo e lutando como um louco. Pude ver o branco ao redor dos seus olhos e os dentes à mostra. Eles se atacavam com uma força desesperada e não consegui segurar o punho do meu irmão. As minhas mãos escorregavam por sua pele e para meu espanto percebi que tinha uma quantidade *absurda* de sangue vindo de algum lugar. Havia cacos de vidro por todos os lados e cerveja e sangue em minhas mãos. Tentei separá-los mais uma vez, e nesse momento a máquina de gelo seco começou a funcionar novamente. Uma espessa camada de névoa espalhou-se pela pista de dança e ninguém conseguia enxergar nada.

Fiquei apavorado diante da possibilidade de ser golpeado ou cortado sem que pudesse ver. Tentei segurar o corpo escorregadio do meu irmão e, em algum lugar abaixo de onde me encontrava, eles ainda lutavam furiosamente, causando tanta dor e estrago quanto fosse possível.

Eu ouvi os seguranças chegando e havia pessoas por todos os lados apontando e gritando. Fui afastado com força e só Deus sabe onde Carol se encontrava naquele momento. Não a censurei por ter ido embora, culpava apenas aquele baixinho miserável e bêbado que os seguranças jogaram para fora pela porta dos fundos.

Eles levantaram o meu irmão, que tinha a aparência de um louco. Estava atordoado e com cortes em seu tórax. Os seguranças o levaram para o banheiro que costumam utilizar, localizado nos fundos da danceteria. Eu o acompanhei para tirar a imundície das mãos. É incrível como o sangue fica grudado por entre os dedos, sob as unhas, e até mesmo uma pequena quantidade pode se entranhar mais do que se imagina.

Nós estávamos sozinhos no banheiro e me senti como um ator atrás dos palcos. A música foi reiniciada imediatamente após o incidente e ainda podíamos ouvir o som, mesmo que distante. Está bem, eu não participara da briga, mas sentia medo e estava ensanguentado. A sensação era a de ter sobrevivido a uma batalha.

Longe da multidão e do perigo, o meu estado de espírito melhorou consideravelmente, mesmo quando vi o corte em seu pescoço, de onde o sangue escoava lentamente, produzindo uma linha escura e densa que não estancava.

Ele olhou pelo espelho e pude perceber como ficara pálido.

– Vamos para o hospital, você vai precisar de pontos – sugeri.

Meu irmão ainda estava aturdido e eu não queria que ele me perguntasse por que tinha sido atacado por um maníaco sem qualquer motivo. Eu sabia que eu era o alvo e senti alívio e culpa suficientes para ficar meio tonto.

Quando ele me encarou, pude perceber que estava furioso. Ofereci um chumaço de papel higiênico para o seu pescoço.

– Ele poderia ter me matado – disse ele enquanto limpava o ferimento e olhava fixamente para si mesmo através do espelho. – Para onde ele foi?

– A essa altura já deve estar longe – respondi. – Os seguranças o expulsaram.

Ele deu de ombros e vestiu a camisa por cima do chumaço de papel higiênico, e praguejou quando viu que a sua calça estava rasgada e que havia mais sangue sujando o tecido.

– Ele me paga – disse.

E eu o segui para fora.

Aquele homem, seja lá qual for seu nome, deveria ter ido para casa. Ele não poderia estar em pé em um ponto de ônibus a poucos metros da danceteria. Esse foi o segundo equívoco que ele cometeu naquela noite, e às vezes basta um erro para acabar com a sua vida. Quando percebeu que o meu irmão caminhava em sua direção, deveria ter fugido, realmente, deveria ter fugido. Em vez disso, ele sorriu da mesma maneira irônica, como se não tivesse qualquer motivo para se preocupar.

O meu irmão o golpeou forte o suficiente para nocauteá-lo, cortando a mão com os dentes do homem. Depois que ele caiu no chão, foi chutado duas vezes, antes mesmo que pudesse se proteger. Eu deveria tê-lo impedido naquele momento. Diabos, eu deveria tê-lo impedido de sair da danceteria e insistido em levá-lo ao hospital. Mas não o fiz. Também queria um pouco de revanche, pois poderia ter morrido naquela noite. Não me orgulho disso, mas sentia que havia uma dívida a ser paga.

Mais um chute na cabeça e deveria ter sido o fim da história, mas meu irmão ainda o golpeou com mais dois socos silenciosos que o mantiveram caído. Eu não conseguia ver o rosto do homem, e, de qualquer maneira, não queria vê-lo. Fui lento demais para segurar o meu irmão, e no fim, quando já era tarde demais, finalmente consegui detê-lo. Eu me consolo com isso. Não sou páreo para ele, mesmo quando estou com muita raiva e rancor. Não sou como ele. Ele teria chutado o homem até matá-lo. É possível que o tenha feito.

Nós o deixamos ali, no chão, e então levei o meu irmão para o hospital para que pudesse tratar do corte e flertar com uma das enfermeiras. No dia seguinte, procurei no jornal pela notícia de um homem morto em

Camden, encontrado próximo à danceteria Underworld, mas não havia nada.

Quando conhecemos Denis, Carol ainda procurava por outros homens para saciar sua vontade, embora ela tivesse aprendido a mantê-los a distância. Por alguns anos não precisei lidar com um desses sujeitos peculiares que fingem ser um colega de trabalho atencioso, ou um amigo, enquanto aguardavam a oportunidade de levá-la para a cama. Em geral, apenas uma palavra era necessária para que compreendessem que eu sabia. Não precisei de ajuda até conhecermos Denis Tanter. Mesmo assim, poderia ter sido o suficiente fingir que não sabia que tinham se encontrado em algumas ocasiões até que, por fim, ela se cansasse dele.

Na primeira vez você pensa que isso vai matá-lo, mas não é verdade. Essa noite será a pior da sua vida, mas quando o sono finalmente chegar, sua imaginação será interrompida. Você acorda na manhã seguinte e lá está ela preparando café, e tudo volta ao normal. Poderia ter vivido assim, eu *sabia* que sim. O problema com Denis Tanter era que ele desejava que Carol fosse apenas dele.

3

Você sabe o que confere poder a um homem em relação a outro homem? Você pode até achar que é dinheiro, ou um bom emprego, como juiz, por exemplo, ou, ainda, um político. Mas, sinceramente, quando de fato você foi afetado por algo assim? O ministro do Exterior nunca apareceu na minha porta e insistiu para que eu retirasse o meu carro. Acredito que se isso tivesse acontecido eu chamaria a polícia. Não estou dizendo que eles não têm nenhum poder. É claro que sim, talvez até muito poder. Mas não é algo que vai afetá-lo em seu cotidiano. Eles não virão até a sua casa para mexer na sua carteira, se é que você me compreende.

No entanto, existem homens em um lugar abaixo dos tribunais e dos seguranças, homens que podem realmente afetá-lo. Certamente, isso não requer um exército ou muito dinheiro. Por algumas centenas de libras por semana, um homem pode contratar outro homem para bater, socar e chutar, até mesmo para estuprar e roubar, se for o que se deseja. Apenas *um* homem para realizar tudo o que for solicitado. Somente isso. Posso apenas imaginar o que é ter um desses.

Homens como Denis Tanter passam uma bela noite em um restaurante e quando chegam em casa alguém que desejariam que fosse amedrontado teve a sua porta arrombada e os dedos quebrados por um estranho. Você não pode contar para a polícia porque sabe que farão pior na segunda vez, e você sabe que o medo, em geral, é o suficiente. A maioria dos homens não consegue impedir um ataque violento e criminoso de um homem que vai bater a sua cabeça contra o piso com força suficiente para quebrá-la. A maioria dos homens vai se preocupar com uma mulher ou criança, algo que o deixará aterrorizado simplesmente ao ser mencionado. Você não sente esse tipo de medo por causa de políticos ou juízes. Você sabe que eles irão somente até certos limites, independente do que aconteça. Se você sair livre do tribunal, não espera que a polícia envie homens até sua casa naquela noite para fazer justiça.

De fato, conheci Michael, o homem contratado por Denis, em uma festa de fim de ano. Ele não era enorme, como os seguranças que encontramos nas portas das danceterias. Denis tinha encontrado um boxeador de 1,80 metro, forte e sem qualquer resquício de moral para atormentar sua consciência. Eu tinha até mesmo conversado com Michael naquela noite, e gostaria de ter tido alguma indicação, algum alerta instintivo. A vida seria bem mais fácil se pudéssemos sentir um frio percorrer a coluna quando deparássemos com um homem que, um mês após o encontro, vai nos agredir até ficarmos inconscientes.

Hoje, sei que ele me abordou no bar porque Denis estava conversando com Carol. Ter um homem na lista de pagamentos faz com que esse tipo de situação seja simples. Com apenas uma palavra o marido passa quase uma hora jogando conversa fora com um completo estranho. Eu tinha até mesmo uma bandeja cheia de bebidas, mas toda vez que tentava ir embora Michael tocava o meu braço e fazia algum comentário, alguma piada, ou pergunta fútil. Ele comentou ter engordado um pouco no inverno, mas com a chegada da primavera começaria a "temporada" e ele entraria em forma novamente. Eu nunca tinha ouvido alguém se descrever daquela maneira. Não era exatamente a polidez que me mantinha ali, era o temor de que ele estivesse bêbado e violento, e não queria ofendê-lo. Permaneci ali o máximo que pude, quando ele finalmente se virou para pegar o troco com o barman, eu pude voltar para a mesa.

Carol não estava lá, e Denis também não. Agora é tão fácil compreender o que aconteceu, mas naquele momento eu simplesmente não percebi. Era quase meia-noite e eu estava com as bebidas. Bebi uma e depois outra, quando ela voltou de repente à mesa. Denis também estava lá, beijando a esposa enquanto começava a contagem regressiva para o próximo ano. Você não pensaria que eu deixaria algo assim passar, sabendo o que eu já sabia, mas eu tinha parado de alimentar esse tipo de paranoia. Ela vai comê-lo vivo, especialmente se vez ou outra você estiver certo. Você não pode observá-los o tempo todo. Isso destruirá os seus nervos, o seu estômago e, possivelmente, a sua sanidade.

Eu lembro que Carol parecia estar um pouco ruborizada e imaginei que fosse o resultado da combinação do álcool com toda a agitação da noite. Os balões caíram do teto e todos trocaram apertos de mão com estranhos e cantaram aquela música escocesa que se conhece apenas um trecho e todos o repetem sem-fim. Havia um homem vestindo um kilt e lembro que sorri ao vê-lo, e olhei para Carol para ver se ela também tinha percebido. Ela retribuiu meu sorriso, e tudo parecia estar bem.

O que realmente me deixa desgostoso é que o pobre Denis não sabia o tipo de mulher com que estava lidando. Se ele tivesse se comportado da mesma maneira direta com que trata seus colegas de trabalho, teria conseguido levá-la para a cama após uma ou duas refeições. O problema com Carol é que ela parece ser exatamente o oposto do que é. Se você puder imaginar a Grace Kelly com cabelos escuros, não vai se parecer em nada com ela, mas a *atitude*, o pescoço longo e a pele pálida, são iguais. Ela é o tipo de mulher que você deseja desarrumar ligeiramente, anseia em ver uma mecha de cabelo se soltar do penteado e um brilho malicioso no olhar. Você conhece esse tipo de mulher? Ela é o tipo que faz você suspirar após beijá-la. Eu me esforcei muito quando éramos jovens. Ela estava um pouco bêbada em nossa primeira noite juntos e não foi nada como eu tinha imaginado. Eu mal podia vê-la no quarto escuro do dormitório. As suas coxas eram longas e brancas e faziam um barulho quando eu as acariciava. Lembro que ela embalou a minha cabeça contra o seu corpo, como se estivesse segurando uma criança. Eu acho que um de nós chorou, mas nós éramos jovens e estávamos bêbados, e isso aconteceu há muito tempo. Éramos duas pessoas bastante diferentes.

Certamente, Denis achava que tinha encontrado o amor de sua vida.

Carol vende casas para pessoas com muito dinheiro. O tipo de pessoa que está cercada de fotografias em molduras douradas e combina a cor das torneiras. Denis não ficaria deslocado em sua lista de clientes, mesmo trazendo Michael como motorista. Eu ouvi o seu nome quando uma das funcionárias do escritório de Carol deixou uma mensagem sobre levar o "Sr. Tanter" em uma nova visita. A princípio não percebi, mas havia outra visita no dia seguinte. Eu pressionei os botões do telefone e ouvi a voz da mulher, com ele ao fundo fazendo uma piada. É provável que naquele momento, ao apagar a mensagem, eu tenha compreendido o que estava acontecendo. Carol ainda não tinha ouvido o recado, mas eu queria que fosse apagado da memória do telefone como se assim pudesse me livrar das suspeitas com dois cliques rápidos.

Carol me odeia quando eu acho que tem algo acontecendo. Ela diz que eu finjo estar normal e amigável, mas em meus olhos deixo transparecer o rancor, e ela não pode suportar isso. Diz que faz com que ela queira sair de casa. Algumas vezes, ela o faz, e volta cheirando a bebida e a perfume às 2 ou 3 horas da manhã. Quando volta bêbada, finjo que estou dormindo. Se ela souber que estou acordado, vai falar com uma prostituta. Tudo o que tenho a fazer é permanecer deitado e fingir que não consigo escutar uma palavra sequer. É apenas mais um dos jogos que estabelecemos um com o outro.

Eu acho que Denis levou uma semana para convidá-la para um hotel. Certamente, não teria demorado tanto se ele a conhecesse, mas provavelmente achou que era o homem mais sortudo do planeta ao tirar a sua saia. Eu já recebi o melhor que ela tinha para oferecer e sei como funciona. Quer dizer, ainda continuo aqui após alguns anos terríveis, então, posso apreciar o que Denis experimentou, você compreende? Não estou dizendo que o desculpo. Ele era o tipo de pessoa que toma o que quer, e eu sabia disso desde o primeiro momento em que o vi. Assim como o meu irmão, ele é um daqueles indivíduos que usam os que estão ao seu redor por divertimento, sexo ou amizade.

Às vezes, eles cometem o equívoco de acreditar que encontraram algo mais significativo do que é de fato. Denis fez isso com Carol no momento em que acordou no hotel e percebeu que ela havia ido embora. Ela havia voltado para mim de madrugada, e Denis não era o tipo de homem que compreende um relacionamento assim. Que droga, é o meu relacionamento, e eu também não entendo.

Ela voltou para mim porque sempre volta. Ela não fica até a manhã seguinte, simplesmente aguarda até que adormeçam para poder sair. Afinal, uma manhã no hotel só traz hálito ruim, roupas amassadas e um café da manhã inglês com muito sal e torrada queimada. Para ser sincero, não me importo com o motivo pelo qual ela confia em mim o suficiente para voltar sempre para casa. É possível que ela me ame tanto quanto eu a amo.

Naturalmente, o grande amor que ela sente não foi o suficiente para impedir que acontecesse novamente. Não sei se o encontro se deu em outro hotel ou até mesmo na casa dele. A diferença no meu ponto de vista foi que na noite em que ela esteve fora naquela semana Denis planejou para que eu recebesse uma visita amigável. Enquanto ele se deitava com Carol em alguma cama confortável, eu abri a porta com uma fatia de torrada com manteiga na mão. Você pode imaginar algo mais classe média e inofensivo? Eu estava com a boca cheia de pão e pasta de Marmite quando reconheci Michael. No instante em que tentava dizer algo, ele veio em minha direção e me empurrou para o chão. Acho que ele pisou em um dos meus pés primeiro, mas não me lembro de muita coisa depois que bati com a cabeça no chão. Se o piso fosse acarpetado eu possivelmente teria estado mais alerta nos minutos seguintes. Infelizmente, era de madeira, e foi justamente um dos atrativos que fez com que comprássemos a casa.

Foi a maneira casual como ele agiu que tornou tudo tão ofensivo. Acredito que a maioria de nós já tenha pensado em como lidaria com um ladrão, caso fôssemos confrontados. Eu me divirto imensamente com os políticos que falam sobre "força razoável" para esses momentos na vida. Você pode acreditar, o terror faz piada com qualquer coisa que se assemelhe à razão. Eu abri a porta com alguns pensamentos vagos sobre uma partida de futebol que passava na televisão. Um momento depois e eu estava atordoado e cego pela luz do corredor localizada exatamente em cima da minha cabeça. Senti uma mão agarrar a gola da minha camisa e me vi deslizando pelo chão de madeira em direção à cozinha. Fiquei apavorado e tentei levantar, mas eu não estava usando sapatos e as minhas meias fizeram com que eu escorregasse. Eu não podia fazer nada além de chutar o vazio, em pânico.

Na cozinha tem uma mesa pequena com uma cadeira. Na verdade fica bem apertado, mas Carol insistiu para que pudesse usar o termo "salão de café" quando decidíssemos vender a casa. Afinal de contas, é o trabalho dela. Esse era o tipo de pensamento estúpido que passava pela minha cabeça enquanto

Michael me arrastava e me jogava em minha própria cadeira. Força razoável? Eu gostaria de ver um deles falar isso com o Michael apoiando os punhos em minha mesa da cozinha.

– O que você quer? – perguntei.

– Você tem uísque?

Eu aquiesci, e por puro hábito tentei me levantar para pegá-lo. Ele pressionou a mão no meu ombro, mantendo-me no mesmo lugar sem qualquer sinal de esforço.

– Basta me dizer onde está – disse, enquanto olhava para os armários afixados na parede da cozinha.

– Próximo da porta, logo ali – expliquei. No momento em que ele se virasse, eu aproveitaria para pegar uma das facas próximas à torneira atrás de mim.

Em vez de seguir meu plano, ele se aproximou e socou meu rosto com toda a força. Acho que desmaiei por um momento, pois eu já não sabia onde ele estava e precisei erguer a cabeça para procurá-lo. Ele estava colocando um pouco de Laphroaig em um copo e tudo na cozinha parecia estar mais claro do que o usual, como em um filme.

– Vá embora – balbuciei, sentindo dor, e quando falava sentia o gosto de bile na minha boca. Isso sempre acontece comigo, desde que comecei a ter problemas com uma de minhas válvulas. Bile é algo poderoso. Quando estou apavorado ou enraivecido, sinto uma quantidade enorme de bile na minha garganta, e arde muito. Existe um nome específico para esse problema com a válvula, mas a operação é terrível.

– Eu não vou embora, Davey. Você sabe disso.

Eu odiei o fato de ele me chamar assim. Meu irmão e Carol me chamam assim, e ninguém mais. Só eles me conheceram tão jovem.

Ele estava usando luvas de couro para manusear o copo de uísque. Balancei a cabeça para me livrar da bile e toquei meus lábios cuidadosamente, tentando saber se estavam tão inchados como pareciam estar. Era como se todo o lado do meu rosto pertencesse a outra pessoa. Eu só podia olhar para ele.

– Eu não queria fazer isso Davey, espero que acredite nisso.

Os seus olhos refletiam um arrependimento genuíno, como o de um amigo. Rezei para que ele não estivesse ali para me matar.

– Fazendo o quê? – perguntei, apavorado. Minha boca tinha gosto de bile, que era mais ácido do que vinagre. Imaginei o que aconteceria se eu cuspisse nos olhos dele. Isso iria queimá-lo como parecia me queimar?

– Dando um pequeno aviso, Davey. E bebendo o seu uísque. Vim dizer a você para deixá-la ir embora. – Ele parecia até mesmo contrito quando proferiu a última frase.

– Deixar quem? Carol? – Eu não conseguia pensar direito vendo o meu próprio sangue em cima da mesa. O meu nariz não parava de sangrar e eu podia até mesmo desenhar na superfície de madeira com o sangue.

– Alguém que nós dois conhecemos acha que ela pode ter medo de deixá-lo, Davey. Acho que eu e você sabemos que não é verdade. Você não faz esse tipo, não é mesmo, Davey? Você é um tipo sensível que não me levará a fazer algo mais permanente, certo?

– Ela não vai me deixar. – Provavelmente, esse foi um dos comentários mais estúpidos que saiu da minha boca. Eu deveria ter me oferecido para levá-la até a casa de Denis em meu próprio carro se Michael quisesse. A imagem da casa dele mudou a direção dos meus pensamentos.

– E a mulher dele? Eu me lembro dela. O que ela tem a dizer sobre isso?

Michael balançou a cabeça como se estivesse preocupado com todos os problemas do mundo.

– Ela o deixou, Davey. Há algum tempo que as coisas não iam bem, e sua mulher foi a gota d'água. Ele é um homem livre, Davey. E sinto dizer que isso não é nada bom para você.

– Você é louco. Não pode simplesmente pedir para um homem abandonar a esposa.

– Onde você acha que ela está agora, Davey? O que acha que ela está fazendo neste exato momento? – perguntou Michael. – Não é como se ela fosse uma santa, não é mesmo? Eu não gostaria de imaginar o que ela está fazendo, e você? Se eu fosse você, amigo, eu me livraria dessa cadela e diria simplesmente para ela se mandar. O que você quer com uma mulher que desaparece dessa maneira? Se pensar a respeito, estamos fazendo um favor para você. Você sabe, a longo prazo.

Minha falta de reação pareceu deixá-lo surpreso. Ele franziu o cenho ao olhar para mim, enquanto enchia novamente o copo e tampava a garrafa. Vi a mão dele se mexer, mas eu mal tinha tentado me proteger quando o uísque foi jogado em meu rosto. A sensação de ardência era ainda maior do que o gosto de bile, e uivei de dor, levantando as mãos. Os meus olhos estavam marejados de lágrimas, talvez devido ao ódio por ela fazer isso comigo, por deixar essas pessoas entrarem em nossas vidas. Eu não conseguia pensar, e quando ele me golpeou novamente, gritei soluçando para ele parar, muitas vezes.

– Davey, você bebeu um pouco demais, caiu da escada e bateu o rosto no chão, qualquer coisa do gênero. Você sabe, Davey, quando ela perguntar. Não quero você contando mentiras sobre um estranho na sua cozinha, não é mesmo? Você não tentaria colocá-la contra o novo amigo ao revelar certas coisas, pode acreditar em mim. Se ela souber que estive aqui, você receberá o que chamo de segunda visita, compreendeu? Será muito pior, Davey. – Ele balançou a cabeça lentamente, como se estivesse imaginando a cena. – Não me faça voltar.

Eu estava tremendo quando ele partiu, e bebi um pouco mais de uísque. Quando ela voltou para casa, na manhã seguinte, eu ainda estava acordado, bêbado e enraivecido. Eu a ouvi gritar quando viu o estrago que Michael tinha feito no meu rosto. E antes que pudesse dizer uma palavra, ela se dirigiu para o armário de remédios em busca de cremes e pomadas.

– O que aconteceu? – perguntou, enquanto se sentava na minha frente. – Você estava bebendo – disse, antes mesmo que eu pudesse abrir a boca. – Você caiu?

Eu me perguntei se Denis já havia lhe passado o roteiro e estremeci quando os meus lábios se abriram. Eu hesitei tempo suficiente para imaginar o que Michael faria se voltasse para garantir que eu aprendesse a minha lição. Não tinha formulado um plano naquele momento, simplesmente ainda não havia compreendido inteiramente o mundo em que eles viviam. Estava muito distante de mim.

– Denis Tanter – disse calmamente, enquanto observava a reação dela, que tentava limpar o sangue de uma de minhas narinas, e percebi como todo o seu rosto se enrijeceu. Os seus olhos perderam inteiramente o ar acolhedor e carinhoso.

– O que você quer dizer? – perguntou, e de repente temi que sua frieza fosse direcionada para mim, que ela simplesmente não se importasse mais.

– Ele fez com que o seu capanga viesse aqui ontem à noite. Você sabe, para dar uma lição no marido, enquanto você estava com o chefe dele. Veio me dar um aviso, Carol, me ameaçar em nossa própria *casa*. – Senti um tremor na voz e me calei antes que a bebida me levasse às lágrimas.

Ela olhou para as mãos e pude perceber que tremiam. Não senti qualquer compaixão por ela.

– É isso que você trouxe para essa casa, Carol. Isso é o que você fez comigo ontem à noite.

Ela ficou muito pálida, como se eu a tivesse estapeado. Ainda segurava um lenço embebido em vermelho, e quando sua mão se mexeu novamente para limpar o meu rosto, eu a empurrei para longe, com força. Eu não podia suportar que ela continuasse como se nada tivesse acontecido. Queria descarregar a minha raiva.

Ela levantou e sua língua tocou o lábio de cima. Ela faz isso quando está com muita raiva, e eu gostei disso. Eu também me levantei, para poder olhá-la, e subitamente o desejo por uma briga se desfez. Eu não poderia suportar uma discussão, não aguentaria ouvir as palavras sendo ditas mais uma vez. Seria demais, após a noite que tive. Eu já as tinha dito centenas de vezes, e os meus argumentos suplantaram os dela inúmeras vezes. Não precisava dizer em voz alta. Ela já sabia de tudo.

– Carol, simplesmente resolva essa situação. Não me importo mais com o que acontecer. Simplesmente, resolva.

Ela aquiesceu, e os seus lábios estavam pressionados um contra o outro com força, fazendo com que todo o sangue e a coloração se esvaíssem. Nunca a vi tão abalada e, ridiculamente, considerei esse fato um motivo de satisfação. Eu quase pulei os degraus da escada e fui direto para a cama. Antes que ela pudesse ligar o chuveiro, adormeci.

4

É claro que me ver sentado com o nariz sangrando deixou Carol em uma situação difícil. A verdade é algo peculiar, caso nunca tenha sido forçado a contemplar os seus altos e baixos. Não importa o quão ruim seja a situação, se você não admitir o que está acontecendo, se você não disser *em voz alta*, poderá ser esquecido. Poderá ser manejado. Poderá ser ignorado. Eu me lembro da primeira vez em que ouvi alguém brincar sobre o "elefante na sala". Eles se referiam a algo que todos tentavam ignorar, mas quem pode ignorar um elefante? Pode acreditar em mim, após algum tempo você passa a pendurar suas roupas na tromba dele como se fosse parte do mobiliário. Você pode se acostumar com qualquer coisa, e, contanto que não morra, toda a dor passa. Todas as dores desaparecem. Pense nisso na próxima vez que achar que não pode suportar algo. Lembre-se de mim. Se você não perguntar sobre Bobby Penrith, será sempre um acidente. Mesmo que você *saiba*, simplesmente não se esforce para trazer as palavras à tona.

Carol mal conseguiu se forçar a me acordar, jogar os braços ao meu redor e anunciar que terminaria o caso com Denis Tanter. Afinal, era justamente o tipo de situação que nós nunca mencionávamos. O fato de ela descansar a cabeça no meu travesseiro à noite deveria ser algo inquestionável.

Ao acordar senti que um dos meus dentes estava mole, e é possível que tenha sido a razão pela qual não acordei de bom humor. A última vez que consegui mexer um dente com a minha língua deve ter sido há uns vinte anos, e isso não contribuiu em nada para melhorar meu humor. Ela havia trazido aquilo para a nossa cozinha, e as velhas regras eram inúteis até que Denis Tanter estivesse fora de nossas vidas.

Querendo ou não, certas coisas precisavam ser ditas, embora eu detestasse ter que fazê-lo. Eu me lavei cuidadosamente e observei os hematomas no amplo espelho do banheiro. A minha aparência não inspirava confiança, e, mesmo sentindo raiva, parecia estar com medo. Para piorar, ela não voltou para casa à tarde.

Comecei a acreditar que ela havia confrontado Denis e os ânimos tinham se exaltado. Por um tempo minha imaginação começou a criar situações absurdas. Telefonei para o trabalho dela, porque precisava telefonar para alguém, e perguntar aonde ela se encontrava, apesar de odiar fazer isso. Era como se eu pudesse ver o sorriso irônico deles do outro lado da linha. Eu era o marido que não conseguia achar a esposa. Você já percebeu como podemos ouvir alguém sorrir ao telefone? Se você disser as mesmas palavras duas vezes, mas sorrir apenas na segunda vez, é possível perceber a diferença. Quando você está perguntando onde se encontra a sua esposa, você não deseja perceber essa diferença, pois faz com que o cérebro funcione rápido o suficiente para doer.

Carol não ia trabalhar naquela tarde e havia algo no tom daquela mulher que se divertia com o fato de que eu não sabia. Eu precisei me esforçar para manter a voz firme enquanto colocava o telefone no gancho, apertando-o com tanta força que me minha mão começou a tremer. Assim que desliguei o telefone, ele tocou, me assustando.

Eu podia ouvir Carol, ofegante.

– Eu disse a Denis Tanter para nos deixar em paz – começou ela sem nem ao menos dizer olá. – Ele se foi.

– Mas e você? – respondi, apertando o telefone contra a minha orelha, como se pudesse abraçá-la do outro lado da linha.

– Eu preciso de alguns dias longe daqui, Davey. Estou sobrecarregada no trabalho e preciso de um descanso, uma oportunidade de respirar.

– Para onde você vai? – perguntei, mesmo sabendo que ela não me diria. Não importava. O importante era que Denis Tanter a tinha perdido, e isso me fazia sentir uma felicidade selvagem. Eu podia ouvir o cansaço em sua voz. Se ela estivesse com ele, deixaria transparecer aquela excitação insegura que marcava o início de todos os seus casos. Ela tinha dito "para *nos* deixar em paz". Havia momentos em que eu a amava, independente do que mais sentia por ela. Eu estava pressionando o telefone tão fortemente contra a minha cabeça que comecei a sentir dor.

– Eu só preciso de alguns dias longe daqui.

Fiquei esperando por algo mais e me perguntei se ela havia levado uma mala. É possível que se eu tivesse olhado o armário do banheiro com atenção saberia que receberia essa ligação.

– Não vá para muito longe – respondi gentilmente. Às vezes, eu falava com ela como se fosse um cavalo nervoso, mas ela não parecia se importar. Eu queria dizer que a amava, expressar o repentino sentimento de ternura que brotou em meu peito quando ouvi sua voz. Pela primeira vez eu não consegui proferir essas palavras, apesar de serem tão fáceis. Ela nunca dizia que me amava, e embora eu tivesse me convencido de que isso estava implícito em cada palavra e olhar que ela me dirigia, isso ainda era importante para mim. Eu engoli tanto o meu orgulho ao longo desses anos que ele tinha voltado para a minha boca e me queimava. É possível que eu simplesmente não pudesse suportar mais, e é por isso que essa ardência voltava todas as vezes que era forçado a sentir o gosto de uma nova derrota ou vergonha. Por um momento desejei que ela *não* retornasse. Durante o segundo que o telefone ficou em silêncio eu imaginei a minha vida transcorrer sem nenhuma dor ou drama. Eventualmente, ela se transformaria em uma lembrança distante de alguém que eu tinha sido. Um problema para outra pessoa. Lembre-se, todas as dores passam, até mesmo as lembranças que você achava que iam matá-lo. Eu poderia entrar no meu carro, ir para longe, antes que ela retornasse, e então passaria a fingir ser uma pessoa normal até o fim da minha vida. Eu poderia até mesmo ser feliz e experimentar uma espécie de existência misteriosa, onde não precisaria fazer exame de sangue todos os meses para me certificar de que Carol não havia me contaminado com uma praga que me destruiria. Seria uma vida estranha, sem medo, ódio e a minha obsessão por ela.

Eu desliguei o telefone sem ouvi-la dizer adeus.

PRECISEI DE DEZ minutos sentado para compreender que eu também tinha que sair de casa. Eu não queria ficar em casa esperando que ela retornasse. Não queria ficar sozinho, e, certamente, não queria estar ali caso Denis enviasse Michael pela segunda vez. Esse foi o pensamento que de fato fez com que eu me mexesse. Ela tinha levado a única mala, mas havia uma bolsa de lã no armário em cima do aquecedor, então joguei algumas coisas dentro, acrescentando um sabonete e um desodorante que estava pela metade. Eu não tinha dinheiro suficiente para me preocupar com o passaporte, pensava em pegar um trem para o oeste e passar alguns dias em Cornwall. Finalmente, encontrei o meu par de botas bom e consegui vestir o casaco. Eu me movia rapidamente, tentando controlar uma crescente sensação de pânico.

No momento em que abri a porta, percebi uma sombra movendo-se atrás do vidro. Eu estava pensando nela, e quando destranquei a porta, percebi que tinha alguém ali fora. Eles tinham me observado procurar as chaves no bolso e abrir a mala algumas vezes para acrescentar algum outro item.

Essas pessoas pareciam mover-se em velocidades diferentes. Em um filme, se alguém tenta entrar em uma casa, é bem provável que fechem a porta na sua cara. Mas Denis entrou como se estivesse na própria casa, mesmo que sua expressão tivesse demonstrado o que ele achava do lugar. Ele me acertou com o seu ombro e Michael entrou em seguida, pressionando a mão esquerda no meu tórax e me segurando contra a parede sem qualquer dificuldade. Eu poderia ter tentado me desvencilhar caso tivesse percebido algo antes, mas seus movimentos eram rápidos e casuais.

Quando Denis desapareceu na sala, Michael balançou a cabeça como se pedisse desculpas.

Após uma descarga de adrenalina, voltei a me mexer, debatendo-me, tentando me libertar de seus dedos. O pequeno jardim e a liberdade estavam tão próximos que eu não podia suportar que fechassem a porta e eu tivesse de ficar preso ali dentro com eles. Michael me puxou para dentro e com o outro braço fechou a porta, assentindo para ele mesmo enquanto ouvia a porta bater. O corredor estava ainda mais escuro com ele bloqueando a passagem de luz.

– Cadê ela? – Denis exigiu saber, ao retornar da cozinha. Eu não respondi. Por um instante, a estranheza de tê-lo na minha cozinha me deixou mudo. Na última vez em que o vi tinha sido em uma festa de ano-novo com balões e um escocês. Eu me lembrava do rosto dele, mas tê-lo ali, em pé, falando comigo como se fôssemos conhecidos, era surreal.

– Eu vou chamar a polícia.

Denis levantou as sobrancelhas revelando algo semelhante à surpresa.

– Michael me disse que você não se assusta facilmente. Pessoalmente, não consigo perceber o mesmo.

Olhei de esguelha para Michael, mas a sua expressão não revelava nada. Hoje não falaria ou pediria uísque. Na presença do grande homem, ele era extremamente profissional.

Ainda assim, eu não disse nada, então Denis fez um gesto para que eu fosse puxado para perto. E mais uma vez me vi conduzido para a minha própria cozinha. Eu tinha um pressentimento ruim de que eles iriam me matar. Por um momento imaginei Carol retornando após alguns dias, e tenho vergonha de admitir que senti prazer ao pensar na culpa que ela sentiria.

A garrafa de uísque estava no mesmo lugar, e Denis se serviu. Ele tomou um gole e olhou para mim. Se eu tivesse me planejado com antecedência, poderia ter envenenado a garrafa, como em um dos livros de Agatha Christie. Mas, honestamente, onde eu poderia conseguir um bom veneno? Ele certamente teria sentido o gosto de herbicida, não é mesmo? O problema com esse tipo de coisa é que pode fazer você ser sentenciado à prisão perpétua. Independente do desfecho da situação, eu não deixaria isso acontecer.

Michael estalou os dedos na frente do meu nariz.

– Preste atenção e responda a pergunta – vociferou.

A minha mente tinha divagado uma vez mais, optando por não encarar a realidade de esperar ser assassinado.

– Eu não sei para onde ela foi – respondi. Uma parte de mim tinha prestado atenção e era sobre isso que Denis tinha perguntado. – Ela foi embora.

Eu queria responder as perguntas deles, queria que a conversa se prolongasse indefinidamente, até mesmo o dia inteiro, caso eles desejassem. Não queria imaginar o que aconteceria quando eles parassem de falar.

– Diga-me David – disse Denis, puxando a outra cadeira e sentando-se. – Por que a sua mulher não pode suportar a possibilidade de deixá-lo?

Eu pisquei para ele, tentando parecer que estava pensando a respeito do assunto. Somente Carol poderia me achar, e era possível que demorasse dias para retornar.

– Eu não sei. Ela me ama – respondi.

Denis não era um homem bom de se olhar. A pele dele era avermelhada e os olhos, insípidos e frios. As sardas sobressaíam na cabeça pálida e magra, e por um instante só conseguia olhar para elas, um estranho emaranhado de pontos em sua face.

– Você é cruel com ela David? – perguntou subitamente, quase sussurrando.

Eu podia senti-lo tenso ao me olhar. Ele realmente queria saber. Pobre homem, nunca a compreendeu.

– Ela é a única coisa que valorizo nesse mundo – respondi, me inclinando em sua direção. Isso era uma verdade evidente, e Denis mudou de posição desconfortavelmente. Eu me perguntei como devia ser a mulher dele. Será que ele tinha crianças ruivas com rostos magros e sorriso frio? Carol era uma força da natureza comparada ao lar com que ele estava acostumado. Eu poderia quase me solidarizar com o que ele tinha passado.

– Você deveria se afastar dessa confusão – disse enquanto ele me olhava fixamente. – Ela precisa de mim, é por isso que eu fico. Qualquer outra coisa, ou *pessoa*... são apenas estranhos.

Eu pude perceber que ele travava uma batalha interna. Ele praticamente tremeu de irritação e terminou o copo de uísque, livre de veneno, sem nem ao menos apreciá-lo. Eu ouvi a garrafa se chocar contra o copo quando ele preparava a segunda dose. Eu não apreciava em nada a possibilidade de vê-lo bêbado em minha cozinha.

Denis virou-se em seu assento e perguntou:

– Você está usando luvas, Michael?

Eu olhei para cima e pude me certificar que Michael estava de fato usando luvas. Denis também as usava, e nesse instante tive a sensação de estar caindo de um lugar muito alto. Acredito nunca ter ouvido nada tão assustador quanto aquela pergunta casual. Quando Denis se virou novamente em minha direção, precisei juntar as mãos em cima da mesa para parar de tremer.

– Posso fazer você sumir, David. Assim ela não terá um marido para quem voltar, entende? Quem sabe, então, tenha espaço na vida dela para um homem que não seja apenas um pequeno parasita. Você nem mesmo trabalha, não é verdade, David? Você apenas fica sentado aqui gastando o dinheiro que ela recebe. Isso faz com que você se sinta um homem, David?

– Ela nunca confiaria em você se eu desaparecesse – respondi vagarosamente. – Ela sabe que você enviou o Michael. Ela saberá que foi você.

Eu gostei da direção que a conversa estava tomando, e minhas palavras passaram a fluir melhor.

– Ela vai odiá-lo se me machucar, Sr. Tanter. Você deve saber disso. Eu não posso vislumbrar um final feliz a não ser que você vá embora agora mesmo.

Ele se sentou por um instante e parecia ponderar minhas palavras.

– Eu sei o que quer dizer, Mike. Ele senta ali tranquilamente como se fosse você, em meio à sombra e água fresca.

Percebi que Michael estava sorrindo atrás de Denis. Eu não sabia se tinha compreendido inteiramente o sentido daquela frase. Mas se queria dizer que eu estava vulnerável, isso era verdade.

Denis levantou-se e eu senti uma ponta de esperança de que ele seguiria o meu conselho. Ele assentiu para mim.

– Você é um homenzinho doente, David. Transformou uma mulher maravilhosa em um ser frágil, problemático... Não sei o que fez com ela. Você pode estar certo sobre as consequências de matar você, mas também pode ser exatamente o que ela precisa para se *libertar*, você me compreende? Só de ver você aí, tão presunçoso, fico furioso, David. Acho que você exerce algum tipo de poder sobre ela, como aqueles homens que batem nas mulheres e por alguma razão elas sempre voltam. Eu não consigo compreender. No entanto, eu não sou o tipo de pessoa que desiste facilmente das coisas que não entende, David. Eu sou um homem *teimoso*.

Ele disse essa frase como se já a tivesse proferido muitas vezes antes, como se tivesse orgulho dela. Eu o observava sem qualquer expressão enquanto ele andava em torno de Michael, do outro lado da cozinha. O aposento parecia cheio com aqueles dois bloqueando a passagem.

– Vou ficar para assistir, Mike, se você não se importar – disse Denis.

– Até onde devo ir? – perguntou Michael, me olhando fixamente.

Denis pensou por um momento.

– Eu quero ter uma nova chance quando ela voltar, então, mantenha tudo de maneira que não possa ser percebido, está certo? Ensine a ele uma lição, quebre alguns dedos, mas esconda o resto.

Foi então que comecei a gritar, mesmo sabendo que os vizinhos estariam no trabalho. Não havia ninguém para me ajudar.

5

Eu consegui chegar até o hospital Brighton General para engessar minha mão. Imaginei que eles me fariam uma série de perguntas difíceis de responder, mas simplesmente me fizeram esperar por seis horas para me informarem que, de acordo com a radiografia, eu tinha dois dedos quebrados. A primeira coisa que eu disse para a enfermeira na recepção foi: "Estou com dois dedos quebrados", mas não me importei. Eles tinham me dado analgésicos, e sempre gostei daquele edifício. No período vitoriano, tinha sido um hospício, e gosto dessa sensação de ser algo histórico. De qualquer maneira, lá dentro estava aquecido e havia uma máquina com chá de cor laranja. Depois de todo o trabalho que tive para chegar até lá, decidi aproveitar ao máximo. Dirigir com apenas uma das mãos não é problema, mas *mudar a marcha* e dirigir é um pesadelo.

Se alguém tivesse sido gentil comigo eu poderia ter pedido ajuda, ou até ido à polícia, mas os médicos pareciam ocupados demais para dirigirem mais que um olhar para uma pessoa com o meu tipo de problema. Até mesmo a enfermeira que enfaixou meus dedos não perguntou como eu havia me machucado. Ela estava agitada e cansada, e sua testa estava coberta de suor. Enquanto ela tratava da minha mão, olhei fixamente para a sua testa Deve ser estranho passar os dias com pessoas que estão muito machucadas. Dizem que os policiais acreditam que todos são criminosos e me pergunto se os médicos não acham que todos são sacos de carne e ossos prontos para serem abertos na frente deles. Eu vi sangue no chão de linóleo durante minha permanência no hospital, mas foi retirado, então pude pôr fim à minha carta mental para o jornal.

Foi provavelmente nesse instante que vislumbrei a possibilidade de escrever para o meu irmão. Eu estava um pouco tonto devido ao analgésico e ainda me deram receita para mais. Havia um traço de bile na minha boca, mas para meu alívio, quando engoli, não senti mais esse gosto. Eu não podia ir para casa e não conseguia encontrar as chaves do carro. Sabia que tinha dirigido até o hospital, mas vinha carregando as malditas chaves desde a recepção até a sala de espera, e depois para a sala de espera para o raio X, em seguida para a máquina de raio X e ainda, para a enfermagem e todos os demais lugares para os quais fui mandado. Elas haviam se perdido pelo caminho, e eu não podia suportar a possibilidade de levantar e procurar por elas.

"Com licença, senhorita, você encontrou um molho de chaves? Eu estive aqui apenas há um minuto..." e assim por diante. Se eu as tivesse perdido, poderia caminhar até em casa ou chamar o reboque fingindo ser uma jovem sozinha, assim viriam mais rápido. Eu já tinha passado do ponto em que me importava.

Na farmácia, localizada no primeiro andar, troquei a receita por um frasco de remédios e comprei papel, selos e envelopes em um quiosque que ficava ao lado da farmácia. Hospital é algo *tedioso*. Eu vi uma criança com câncer e me perguntei como eles conseguem passar os dias. O tempo se move muito devagar ali.

Eu não consegui enviar a primeira carta que escrevi. Foi uma daquelas cartas que você escreve tudo que precisa tirar da cabeça. Era raivosa e cheia de palavrões. Se eu a tivesse enviado, o meu irmão poderia me internar na ala psiquiátrica do hospital Brighton General. Existe uma grande diferença em se voluntariar para internação e ter alguém decidindo por você, não apenas na maneira como é tratado, mas, principalmente, por ser possível ir embora ao presenciar as enfermeiras segurando com violência uma pessoa gritando e cuspindo sangue. Se você for internado involuntariamente, mesmo por algo banal como depressão ou tentativa de suicídio, não poderá sair – você estará no sistema e os médicos vão perder todo o interesse em como você se sente ou o que necessita.

Eu rasguei a carta em centenas de pedaços, caso alguém tivesse tempo para colá-la novamente enquanto esvaziava as lixeiras do hospital. Mesmo sabendo que era uma atitude estúpida, eu me certifiquei de que os pedaços fossem jogados em duas lixeiras diferentes.

A segunda carta foi mais concisa. Dizia apenas que estava tendo problemas com Carol e não sabia ao certo o que fazer. Se você me perguntasse naquele momento quais eram as minhas expectativas, eu, certamente, não saberia dizer. Não podia lidar com Denis Tanter e não sabia como me livrar dessa situação. É nesse momento que se deve pedir ajuda. Você não sabe bem que tipo de ajuda quer receber, pois, caso soubesse, provavelmente seria capaz de resolver a questão sozinho. Coloquei a carta na caixa do correio do hospital e fui embora sem olhar para trás. Estava feito. Ele viria, ou não.

Dois dias depois ele deixou uma mensagem na secretária eletrônica dizendo que estava a caminho. Nada mais, a mensagem tinha somente dez segundos. Ao ouvi-lo eu me lembrei de muitas situações desagradáveis. Peguei a garrafa quase vazia de Laphroaig para me aquecer, coloquei o meu melhor paletó e escrevi uma carta para Carol. Eu a deixei na mesa da cozinha, onde ela poderia vê-la, caso retornasse. Depois, caminhei até a praia, e quando estava escuro, fiquei em pé próximo à margem do mar escuro, olhando o horizonte. Bebi todo o uísque e depois um pouco de água salgada para reduzir o gosto da bebida. Estava tão amargo quanto eu, e foi nesse momento que não senti mais frio e caminhei para dentro d'água.

Não sei quanto tempo fiquei em pé ali, até que ele me encontrou. Ele tinha lido a carta em cima da mesa. Eu sabia que ele faria isso.

Enquanto caminhávamos pelas ruas escuras de Brighton, contei toda a história para meu irmão. O vento tinha aumentado e eu estava tremendo, então ele me deu seu casaco. O casaco, que eu não conhecia, cheirava a cigarro e a loção pós-barba. Eu nunca havia tido um casaco igual e podia sentir seu peso e maciez como os primeiros toques de culpa.

Ele mal falou enquanto caminhávamos juntos, mas fez algumas perguntas ocasionais sobre Denis ou Michael e o que eu achava deles. Foi necessário revelar mais do que eu gostaria sobre Carol, do contrário teria parecido um disparate. Contei a história aos poucos, e em determinado ponto ele me olhou espantado e balançou a cabeça vagarosamente.

– E você a quer de volta?

Eu o odiei naquele momento.

Contei a ele tudo o que lembrava, todos os detalhes que poderiam fazê-lo compreender os dois homens que tinham aparecido na minha vida e me levado ao desespero. Tentei não pensar em como planejava cometer um assassinato ou, no mínimo, pensava em permitir que fossem assassinados por minha causa. Eu os queria fora da minha vida, e em algum momento durante a segunda visita deixei de me importar com o modo como isso aconteceria. É possível que tenha sido quando o meu primeiro dedo foi entortado a ponto de quebrar. A vergonha conduz um homem ao ódio, você sabia disso? Se você deseja provocar um ataque feroz experimente humilhar um homem, especialmente em público. Tente fazer com que ele sinta medo e depois o ridicularize.

O frio excessivo me impedia de obter qualquer satisfação dessa conversa, mas percebi que não incomodava meu irmão. Mesmo sem casaco, ele parecia absorto demais para sentir o vento que vinha do mar. Ao falar, ele mexia as mãos com gestos ágeis e ria da minha descrição do Michael, me fazendo repetir alguns detalhes para que pudesse reconhecê-los tão logo os visse.

Ainda não tinha me dado conta de como era necessário planejamento para remover duas pessoas do mundo. O meu irmão era o meu único salvo-conduto, o único trunfo que ninguém mais conhecia. Ele tinha estacionado a mais de um quilômetro da minha casa e caminhado. Ninguém tinha a menor ideia de onde ele se encontrava e jamais poderiam ligá-lo ao que aconteceria. Pelo menos por alguns dias ele iria se divertir. Sem culpa, ou consciência.

Nós nos sentamos à mesa da cozinha e ele praguejou quando soube que não havia mais nada para beber. Eu tinha jogado a garrafa vazia de Laphroaig no mar um pouco antes da chegada dele, e o alívio trazido por esse ato tinha sido exagerado na minha imaginação.

– Você esteve sozinho com o Michael, então eles não são irmãos siameses –, disse, pensando alto. – Vai ser mais fácil se eu puder encontrá-los separadamente.

– Mas se você cometer um erro e for pego, o outro vai matá-lo.

– Ou você vai matá-lo irmãozinho. Não pense que eu não o conheço – disse com um brilho peculiar nos olhos.

E me lembrei do meu irmão chutando a cabeça inerte do homem do lado de fora da danceteria em Camden e estremeci.

– Eu tentarei – prometi.

Ele concordou.

– Você faria se fosse para salvar Carol, tenho certeza.

Eu não gostei de ouvi-lo mencionar o nome dela. Eu queria pensar no problema, mas não no que ocorreria depois. Não queria que ela soubesse de nada. Denis seria achado em algum lugar e a sua morte associada a um de seus desagradáveis parceiros de negócio. Ninguém suspeitaria de mim ou saberia que o meu irmão esteve em Brighton. Eu queria me certificar de que não haveria erros.

– Veja só, a única maneira de o atrairmos até algum lugar é dizer a ele que Carol deseja vê-lo. Por exemplo, o estacionamento de alguma danceteria. Assim que ele estiver irritado com a espera e sair no escuro, eu posso dar cabo dele em dez ou 15 segundos.

Ele parecia gostar muito da ideia e foi difícil engolir a queimação que surgiu bem debaixo da minha língua.

– É muito arriscado. Você não tem como prever quando ele vai sair e pode ter pessoas paradas perto do carro dele, uma família, ou, então, um grupo de bêbados pode aparecer para mijar na sarjeta. Testemunhas. Mesmo que você consiga... impedir um deles, o outro pode gritar ou sair correndo. É loucura pensar que conseguirá...

– Tudo bem, Davey, não se perca em banalidades – ele me interrompeu secamente. – Você poderia correr até a loja antes que feche e comprar algo mais forte do que esse suco de laranja. As minhas ideias irão fluir muito melhor.

Ele sorriu com tamanha frieza e segurança que tive vontade de vomitar.

– De qualquer maneira, é melhor fazer aqui nesta casa – disse, olhando ao redor da cozinha. – Nós os teremos onde podemos controlar a situação. Ele é um homem que contrata assassinos que quebram dedos. Você poderá se safar alegando legítima defesa e nunca vão saber que teve ajuda.

– Você está usando luvas? – perguntei subitamente.

Ele estava.

– Assim é melhor, Davey. Agora você está pensando.

A porta da entrada abriu e eu pulei em pânico. O meu irmão não se mexeu, e quando viu quem estava ali, sorriu, e os seus olhos denotavam certo interesse.

– Olá Carol, meu amor – disse. – Você trouxe algo para beber?

Eu vi seu olhar vacilante para mim e, depois, para ele, imaginando o que poderíamos estar conversando. Ela parecia descansada e havia cortado o cabelo. Trazia em seu ombro uma bolsa nova e estava bonita, como sempre. Percebi que também estava com sapatos novos, quando por fim desviei o olhar.

– É sempre bom ver alguém da família de Davey – disse calmamente, enquanto os olhos traíam a mentira. Eu podia perceber que não gostavam um do outro e me perguntei se iriam discutir caso eu estivesse fora comprando uísque. Percebi que teria ao menos uma testemunha de que meu irmão estivera em Brighton, e logo senti meu estômago revirar. Por que ela não tinha passado mais alguns dias descobrindo a sua criança interior ou qualquer que fosse a maldita razão para essas viagens?

– É melhor ir para a cama – eu disse, fingindo um bocejo. – Eu os verei amanhã.

O meu irmão não olhou para ela, e logo que saiu percebi que Carol não havia nem mesmo perguntado pela minha mão engessada. Estava quase certo de que ela não tinha percebido. Ela havia esperado boas-vindas e em vez disso ali estávamos nós, parecendo... bem, parecendo dois conspiradores planejando um assassinato.

O meu irmão inclinou-se para a frente e falou em um murmúrio.

– Tê-la por perto será um problema – disse. E, então, sorriu maliciosamente. – No entanto, isso não é um assalto a banco e não preciso levar anos planejando. Apenas se certifique de que ela estará longe na próxima vez que os dois estiverem aqui nessa cozinha.

– Ela dirá à polícia que você esteve aqui – respondi de maneira igualmente baixa. Eu não podia olhar em seus olhos, mas era algo a ser levado em consideração. A polícia não estaria mais investigando um homem sozinho se defendendo de dois assassinos profissionais. Eles estariam investigando o misterioso desaparecimento do irmão desse homem no dia seguinte ao assassinato. Quando finalmente olhei para ele, meu irmão tinha um ar severo, revendo os fatos inúmeras vezes.

Eu o observei por algum tempo, até que ele disse:

– Por que você não vai comprar o maldito uísque enquanto estou aqui pensando?

E eu fui.

6

Eu acordei bruscamente, arrancado de um sonho por algum barulho que ela fez ao se vestir. A minha primeira visão foi Carol vestida somente com sutiã e calcinha, colocando uma saia. Ela já estava dormindo quando fui para o quarto na noite anterior, ou, ao menos, fingia estar dormindo. Ela me viu pelo espelho da penteadeira e nós nos encaramos por um longo tempo. Eu vi seu olhar focalizar a minha mão machucada, longa e branca em cima do edredom. A camisa cobria os outros hematomas.

– Eu quebrei duas unhas ao trocar o pneu – expliquei, ao vê-la estremecer. – Você devia ver como ficou.

– Não, obrigada Davey. Eu preciso sair.

Ela estava se aprontando meia hora antes do usual e não pude deixar de olhar o despertador. Ela teve a elegância de desviar o olhar no mesmo momento que eu, ajeitando a gola da blusa no espelho. Eu imaginei que ela quisesse sair de casa antes que meu irmão acordasse. Às vezes, é muito fácil compreender as atitudes dela.

– Ele só está visitando por um ou dois dias – falei.

Ela assentiu, os lábios uma linha fina e pálida sem batom. Após mais alguns movimentos ligeiros ela terminou sua rotina matinal e saiu do quarto, deixando apenas um leve rastro de perfume. Eu gostava de observar a mudança, vê-la passar de sonolenta e despenteada para uma corretora esperta, arrumada e glamorosa.

O meu irmão tinha concebido a mentira sobre os dedos quebrados. Se eu contasse que Denis voltara, provavelmente, ela iria à polícia, ou, ainda pior, telefonaria para ele pessoalmente do escritório. É claro que ainda assim era possível que ela telefonasse para ele, mas eu havia acreditado em Denis quando disse que ela acabara com ele, ou, ao menos, eu acreditara em sua raiva e sofrimento. Engraçado. Eu não teria acreditado nela.

Entretanto, o risco existia, e nós sabíamos que teríamos que agir rapidamente. Quando ela fechou a porta, ouvi meu irmão ligar o chuveiro. Tudo aconteceria hoje. No momento em que ela retornasse do trabalho, o nosso pequeno problema não existiria mais.

Vesti um roupão quando ouvi o chuveiro ser desligado. Foi um momento peculiar descer a escada e encontrá-lo ali. Acho que a última vez em que o vi com uma toalha amarrada na cintura tinha sido quando éramos crianças. Percebi que ele parecia mais forte. Ele não tinha nenhum traço de gordura e parecia estar cuidando da aparência. Você sabe, é mais fácil para os homens com altos níveis de testosterona, eles apreciam se exercitar mais do que os outros homens, até serem impedidos de continuar por um ataque do coração que os mata. Cruzei os braços e acenei para ele. Nós tínhamos planejado tudo, mas ainda assim eu continuava ouvindo o meu coração bater extremamente acelerado.

— Você está pronto, irmãozinho? Sem hesitações? — Ele me perguntou com ar divertido. Ele não parecia nem um pouco apreensivo.

— Sem hesitações.

Nós AGIMOS RÁPIDO. Era possível que Denis tivesse sido informado que Carol já havia voltado para o trabalho. Até onde sabíamos, ele bem poderia passar pelo escritório dela todos os dias ou ter subornado a secretária para lhe repassar qualquer notícia. O meu receio era, provavelmente, fruto da tensão que eu sentia, mas não faria mal algum agir o mais rápido possível. Da maneira como o meu irmão tinha formulado o plano, nós só teríamos uma chance. Apesar de Carol saber que ele estava em Brighton, ainda assim funcionaria, foi o que ele me assegurou.

Ele conseguiu sair ileso do caso Bobby, e dessa vez não seria diferente.

Eu sentei à mesa da cozinha e olhava fixamente o telefone enquanto revia o que tínhamos planejado. Tudo parecia simples na minha mente, mas quando pegasse o telefone e discasse o número, o plano realmente começaria. Depois disso seria como dar um passo para o penhasco, simplesmente não faz a menor diferença se você desistir no meio do caminho.

– Pratique primeiro comigo – exigiu o meu irmão.

Esse foi o primeiro sinal de tensão que percebi nele. Eu balancei a cabeça, repassando o que planejamos dizer e estava certo de que Denis viria correndo.

Eu o vi servir-se um copo do uísque que comprara na noite anterior. Tentei desviar quando vi o movimento de sua mão, mas ainda assim grande parte do uísque foi parar no meu rosto. Eu gritei com raiva ao lembrar-me de Michael fazendo o mesmo.

– Que diabos está fazendo? – eu disse, fechando um dos olhos para evitar a dor.

– Agora você está pronto para dar o telefonema – disse ele rindo com a minha expressão. – Antes você estava muito relaxado. Vá. Faça.

Eu olhei de relance o pedaço de papel ao lado do telefone com o número de Denis Tanter. Um único telefonema para a operadora tinha me fornecido a última informação necessária.

Eu disquei os números e respirei profundamente.

– WT Ltda. – afirmou a voz de uma mulher, não de alguém que eu conhecia. Possivelmente, uma secretária. Eu me mantive calmo. Esse era o número que tinham me fornecido.

– Coloque Denis Tanter na linha – falei, um pouco inarticuladamente. O cheiro do uísque estranhamente ajudou um pouco.

– Quem fala? – ela perguntou.

Eu senti o gosto de bile na boca e fiz uma careta.

– Simplesmente vá chamá-lo. Diga a ele para cuidar da confusão que criou, entendeu? Diga a ele...

Eu ouvi a ligação ser transferida e estava preparado quando surgiu a nova voz.

– Quem está falando? – Michael. Era tudo o que eu queria.

– Seu cretino – falei com escárnio. – Ela está morta e é por causa do maldito Denis Tanter, não é mesmo? Vá para o inferno... – disse com a voz melosa como se estivesse bêbado e chorando, ou pressionando a mão contra o meu rosto. Dê ao homem uma chance de responder.

– Davey? Quem morreu? Não me diga que foi Carol? Davey, é você?

Perfeito. Eu podia ouvir o temor em sua voz. Era somente o início do que ele teria de enfrentar.

– Tranquilizantes! – Eu cuspi as palavras no telefone deixando um rastro de uísque e saliva. – Você insistiu e insistiu, não é mesmo, Michael? Você e Denis. Vocês insistiram, e agora Carol está morta. Eu juro, eu...

O meu irmão pegou o telefone da minha mão e pressionou o botão para encerrar a ligação. Seu rosto expressava surpresa.

– Você fez tudo certo, Davey. Isso deve fazer com que venham correndo.

Eu assenti, limpando a minha boca com força.

– É melhor nos prepararmos – murmurou ele, deixando o telefone cair no gancho ruidosamente. Ele trouxe uma mala do carro e o observei pegar uma barra de ferro de 45 centímetros. Não pude deixar de segurá-la e verificar que se amoldava perfeitamente à minha mão. Eu a girei e a imaginei acertando o crânio de alguém.

Para minha surpresa, a mala revelou ter alguns canos e outras ferramentas.

– Para depois – esclareceu meu irmão. – Isso explica por que tinha uma arma à mão na cozinha, não é mesmo?

Com um sorriso impiedoso ele abriu o armário debaixo da pia e me mostrou como tinha desaparafusado o tubo de plástico.

– Provavelmente, eles nunca vão perguntar, mas eu pensei, que diabos. Caso perguntem, somente vão descobrir um servicinho para o bombeiro. Eu estava no meio do trabalho quando precisei sair e procurar por uma loja que vende o mesmo tipo de cano daquele que quebrei tão artisticamente. Enquanto estive fora você recebeu a visita de dois homens que já tinham ameaçado você.

Olhei para ele e posso jurar que estava mais calmo do que eu. Em alguns minutos Denis

Tanter entraria vociferando pela terceira vez em minha casa. Eu peguei uma caixa de leite da geladeira e o bebi para acalmar o meu estômago.

Meu irmão colocou a mão no bolso do casaco e retirou uma faca assustadora.

– Eles vieram armados com isso. É possível encontrá-la em qualquer loja de ferramentas no país. Não é de surpreender que você entre em pânico e tente acertá-los com um pedaço de cano. Você vai chamar a polícia, e antes que eles cheguem, eu estarei de volta. Nós responderemos as perguntas juntos.

– Você acha que vai funcionar?

Ele deu de ombros.

– Eu acho que você nem irá a julgamento. Dois contra um? Você ficará livre por legítima defesa, Davey. Não há qualquer problema. Você só precisa confiar em mim e nós resolveremos tudo, certo?

Eu o mirei nos olhos e por um instante pude sentir as lágrimas que ameaçavam cair. Eu assenti e desviei o olhar, sabendo que ele tinha percebido.

– Agora concentre-se, Davey. Eles devem chegar a qualquer instante. A sua parte é a mais fácil. Você só precisa ficar sentado na cozinha como planejamos. Se precisar, beba algo, apenas pareça estar arrasado.

Enquanto eu me sentava, meu irmão foi para a porta de entrada e fechou o trinco.

– Me lembre de quebrar a fechadura depois – disse ele ao caminhar de volta para a cozinha e se esconder atrás da porta. Ele segurou a barra de ferro e eu não conseguia mais olhar para ele.

Do lado de fora um motor de carro se aproximou ruidosamente, ao ser dirigido em alta velocidade. O carro parou derrapando e fazendo um barulho ensurdecedor. Respirei fundo.

7

Denis Tanter chegou à minha casa às 9h28 da manhã. Eu sei porque olhei para o relógio da parede. Ele abriu a porta com tamanha violência que teria arrebentado a fechadura, caso a tivéssemos trancado. A porta atingiu a parede e ricocheteou de volta, atingindo-o no ombro enquanto ele entrava tempestuosamente. Eu tinha compreendido precisamente como afetá-lo, e fiquei satisfeito. Tinha dito ao meu irmão que ele não fazia o tipo que mandaria Michael entrar primeiro, não se estivesse com raiva. Para o meu irmão era indiferente, mas eu queria que Denis fosse o primeiro. Ele era o homem realmente perigoso, e não o seu capanga. Eu sabia disso desde o início.

Ele não tinha a menor ideia do que estava acontecendo, e isso ficou evidente no momento em que olhou para mim na cozinha. Eu tinha uma aparência patética, com lágrimas riscando o meu rosto e uma expressão aturdida de medo. Na verdade, não era difícil fingir que me sentia assim, principalmente ao saber que em alguns minutos alguém iria morrer, e essa pessoa poderia muito bem ser eu mesmo.

– Onde ela está? – ele vociferou.

Estava colérico, e por um momento terrível achei que ele subiria as escadas para procurá-la no quarto. Balancei a cabeça e vagamente gesticulei em torno da cozinha. Ele me olhou friamente e pude perceber que vinha em minha direção para me agredir. Michael era apenas uma sombra no corredor atrás dele, mas eu só consegui ver Denis ser golpeado pelo meu irmão. Por Deus, ele era rápido. Você nunca viu algo assim.

Não foi um ruído alto, parecia mais um saco de farinha estourando, uma espécie de pancada surda. Ao olhar fixamente para Denis, pude ver a ponta da barra de ferro atingi-lo em cheio na cabeça. A raiva, a vivacidade, e tudo mais que fazia parte de Denis Tanter tinha se apagado em um instante. O meu irmão o atingiu novamente enquanto ele caía no chão, e, então, mais uma vez. Não pude deixar de me lembrar da maneira como ele chutou aquele homem em Camden, e percebi, então, que havia outras mortes em sua conta. Existem alguns momentos em nossas vidas em que as mentiras que contamos para nós mesmos caem por terra. Para mim, esse era um desses momentos.

O meu irmão ignorou Michael, que estava olhando pasmo pela porta, a boca aberta em total horror. Em vez disso, ele olhou para *mim* e sorriu maliciosamente. Ele não parecia se importar que Michael estivesse ali. Em um estado de fascínio mórbido, vi o meu irmão cutucar Denis com o pé. O corpo se contorceu e achei que fosse vomitar o café da manhã.

– Morto, ou um vegetal, não há dúvida – disse, e posso jurar que sorriu.

Eu raramente o tinha visto tão feliz. Talvez, agora, fique evidente por que sempre tive medo dele. Não era exatamente o que ele fazia, mas, sim, o que era capaz de fazer.

Michael começou a se mexer e fiquei aliviado por não conseguir ver a expressão do meu irmão quando ele se virou para terminar o trabalho. Existem tubarões no mundo e, assim como Bobby Penrith antes dele, naquele dia Michael não estava preparado para encontrar um maior do que ele na cozinha. Eu o vi procurar uma arma na jaqueta, mas meu irmão não se deu o trabalho de tentar impedi-lo. Ele simplesmente acertou um dos lados da cabeça de Michael com a barra de ferro, e instantaneamente quebrou alguma coisa. Michael caiu quase tão rapidamente quanto Denis, tão logo a comunicação entre o seu cérebro e as pernas cessou.

Eu levantei em uma espécie de transe, sentindo pena de Michael. Afinal, tinha sido contratado, mas ele era o homem que havia quebrado meus dedos enquanto eu só podia assistir, e não fiz nada para salvá-lo, mesmo que pudesse.

O homem que Denis contratou para amedrontar as pessoas sempre me parecera grande e forte, embora não muito ágil. Foi curioso perceber como o meu irmão parecia ser bem maior que ele enquanto o atingia novamente. De alguma maneira, o medo o faz se encolher, e, por outro lado, a coragem o faz maior do que você é de fato. Eu já tinha percebido isso.

Peguei o cano na sacola que meu irmão havia trazido da loja e não acho que ele tenha me ouvido chegar, mas, mesmo que tivesse, não esperava que eu fosse golpeá-lo com toda a força acumulada em anos e anos de medo e ódio. Poucos instantes antes eu o tinha visto golpear violentamente um crânio, e tenho orgulho em dizer que me saí quase tão bem quanto ele. Eu matei o meu irmão enquanto ele acertava Michael pela segunda vez, assim era como se os dois golpes tivessem sido desferidos simultaneamente. Ele caiu de lado, estatelando-se em cima dos outros corpos. Ele não se mexia, e quase me detive nesse instante, mas ele acreditava que dois golpes eram necessários para que se pudesse ter certeza. Prendi a respiração e acertei o seu crânio mais uma vez, com toda a minha força. Já não havia qualquer resistência, senti que ele estava morto. Os seus olhos estavam abertos e eu não acreditava que pudesse sentir alguma coisa. O primeiro golpe tinha sido muito forte.

Um pouco de sangue espirrou em mim, mas não muito. A maior parte caiu neles e nas paredes da cozinha. A aparência era exatamente como ele tinha dito, o resultado de uma cena violenta de briga.

Eu os observei por algum tempo, mas não posso dizer por quanto tempo. Certamente, o meu estômago me traiu, então desperdicei alguns minutos vomitando na pia e me perguntando se deveria limpá-la, pois indicava uma reação razoável a tamanho horror. No fim, deixei como estava. Eventualmente, a polícia chegaria para fazer perguntas, e eu sabia que eles podiam ser persistentes. No entanto, o meu irmão estava certo, legítima defesa funciona ainda melhor com ele morto. De acordo com os meus planos, eu poderia terminar essa história como um herói.

Quando, por fim, o meu estômago me deu trégua, sentei à mesa da cozinha e fiz um último brinde em nome dos três.

Eu ergui o copo para o meu irmão.

– Aqui está, em nome da nossa infância, irmão mais velho. Você nunca deveria ter dormido com ela. Isso foi um pouco demais para mim. Mas, agora, está tudo no passado.

Eu estava rindo, e tive de fazer um esforço para me conter. Eu me pergunto se ele sabia que eu tinha descoberto. Carol havia me dito durante uma de nossas brigas. Ele não era o tipo de pessoa que sentia remorso. Não tenho dúvidas de que para ele era excitante ter uma mulher bonita disposta a desperdiçar uma noite a seu lado, independente do marido. Depois que soube da verdade, era curioso observar como se comportavam quando estavam juntos. Não sei bem o que havia se passado entre eles, mas não acabara bem. É possível que ela tivesse se negado a um segundo encontro, ou ele. Mas, agora, já não me importava muito.

Era bastante estranho ver os corpos na minha cozinha. Eu já tinha imaginado essa cena muitas vezes, mas tê-la ali se desenrolando à minha frente era aterrorizante, como se o tempo estivesse suspenso. Mas, como eu já sabia, a realidade é assim mesmo.

Eu planejara a maior parte dos detalhes enquanto estava no mar gelado esperando o meu irmão terminar de ler o bilhete que eu havia deixado para Carol e vir ao meu encontro. Eu me lembro de ter me preocupado que ele pudesse ter se acidentado ou que um pneu tivesse furado. Dessa maneira, todos os meus esforços teriam sido em vão. Eu *sabia* que se ele me visse seria o suficiente para tê-lo do meu lado. Eu sempre fui o seu ponto fraco, o seu irmãozinho. Acho que ele não se importava com mais ninguém. Não sinto qualquer embaraço em dizer que, por algum tempo, havia lágrimas em meus olhos ao vê-lo. A relação entre irmãos é próxima.

Eu não tive dificuldade em persuadi-lo depois que ele me viu em pé naquela água fria, tentando imaginar como seria cometer suicídio. Sinceramente, as coisas não poderiam ter sido melhores, de fato, não poderiam. Todas as minhas dívidas estavam quitadas, e, de certa maneira, esperava que Bobby Penrith soubesse disso.

A polícia aceitaria a minha versão dos fatos se eu parecesse chocado e deixasse o número suficiente de lacunas na história. Afinal, era muito simples. Eu o deixei me conduzir até o ponto que ele desejava, ou seja, apenas dois irmãos consertando um cano na cozinha quando foram atacados por dois criminosos. Eu me perguntava se deveria mencionar Carol para a polícia. Não. Eu não queria que eles soubessem que tinha algum motivo. Eu imaginei que eles acreditariam que Denis estava obcecado por ela, já que desconheciam o fato de que já tinham estado juntos. Eu planejei tudo muito bem.

Saí de casa e fechei a porta. Como sempre, os vizinhos estavam trabalhando, então, não haveria testemunhas para a polícia interrogar. Foram necessários alguns empurrões para conseguir quebrar a fechadura. Sem dúvida alguma, seria mais um hematoma para mostrar à polícia quando revelasse que Denis Tanter tinha me torturado. Perfeito!

Lembrei de colocar o meu pedaço de cano nas mãos de Michael, enquanto espalhava o conteúdo da bolsa com os demais aparatos pelo chão da cozinha. Em seu outro bolso encontrei uma faca, e era exatamente a arma que ele estava procurando quando o meu irmão o golpeou. Após um momento de reflexão, fiz com que ele a segurasse na outra mão, tomando cuidado para não deixar as minhas digitais.

Havia muitos detalhes para lembrar. Havia sangue espalhado pelas minhas roupas, mas imaginei que estaria tudo certo, pois seria extremamente suspeito se estivesse limpo, afinal três homens tinham sido mortos em um espaço pequeno. Eu estava orgulhoso de mim mesmo por conseguir pensar tão claramente.

Por fim, me sentei, com o telefone em mãos. Eu tinha feito tudo o que poderia e pensei, sim, Davey, você vai conseguir. Repeti estas palavras em voz alta enquanto eles continuavam ali deitados e ensanguentados. Era surpreendente! Não importa o que você já tenha ouvido a respeito, a quantidade de sangue é chocante. É difícil acreditar que dentro de uma pessoa exista tanto sangue. Assim como não é verdade que um homem morto não sangra. Esses aqui sangravam, pelo menos por algum tempo. A cozinha estava repleta de sangue, e eu não poderia imaginar como é grudento, além de apresentar diferentes matizes de vermelho.

Imaginei que poderia lidar com Denis Tanter da mesma maneira como tinha feito com outros homens ao longo dos anos. Quando percebi que não era esse o caso, pensei em meu irmão para cuidar dele. No começo, foi apenas uma divagação pensar em como seria bom se esses dois cretinos pudessem ter se matado. Não tinha pensado a respeito dos acontecimentos posteriores, mas se havia um lugar certo para isso, era aquela cozinha, cheia de sangue e com um cheiro que nunca mais quero sentir.

Como você sabe, não é sempre que temos uma oportunidade como essa. Sim, eu poderia me sair vitorioso em um julgamento, caso chegasse a esse ponto. O promotor de justiça precisa se certificar de que podem vencer o caso, e a minha alegação de legítima defesa seria primorosa. Eu conseguiria me safar, mas e Carol? Eu realmente queria ficar com ela? Eu não poderia deixar de imaginar que se ela estivesse no meio daquela bagunça, quando Denis e Michael chegaram, é possível que também estivesse ali estendida, e eu estaria livre. Verdadeiramente livre, e não mais desfrutando de momentos efêmeros de prazer.

Sem sombra de dúvida, era um dia para novos começos. Em vez de telefonar para a polícia, liguei para ela e disse que tomaria todas as cápsulas de sonífero. Desliguei o telefone e retirei a bateria. Eu não estava preocupado. Eu já teria planejado todos os detalhes quando ela chegasse em casa

fim

EDIÇÕES
BestBolso

Este livro foi composto na tipologia Minion Pro Regular,
em corpo 14/26,5, e impresso em papel off-set 56g/m² no Sistema
Cameron da Divisão Gráfica da Distribuidora Record.